1月1日

元旦に娘家族宅にて
姉も一緒におせちとカニを囲んでランチ
こんな日がくるとは夢にも思わなかった
近くに住むことを選択してくれた娘家族には
感謝しかない
グミ、ヒナ、ハチは
楽しみにしている昼のおやつが
お預けになってしまった
ごめんね
ヒナちゃんは今日がお誕生日なのに
大好きなおやつが食べられなくてごめんね
ハチは今日も無事でお天道様に感謝、感謝
夜はお月様に無事を祈ろう

明日は姉と毎年恒例の初詣へ
その後、叔母宅へ新年の挨拶に
娘達にもきてもらおう
孫の初お披露目で「かわいい、かわいい」と
言ってもらおうね

新しい一年が始まる
今年もまたグミ、ヒナ、ハチに
振り回される一年になるのかな
きっと色々なことがあるんだろうね

でも大丈夫！
娘家族とグミ、ヒナ、ハチが元気なら
それで全てが良しとなる！
それで全てが乗り越えられる！

January

1月3日

昼から仕事が始まった
曇りで寒かったからか
ハチが昼まで家の中で休んでいた
寝言まで言っていたね
家の中だと安心して
ぐっすり眠れるんだね
そんなハチを起こしたくないけれど
外に出したくないけれど
今はまだ……仕方ない
グミ、ヒナ、ハチだけで
まだ留守番はさせられないからね
何がハチにとって良いことなのか分からない
おっ母にとっての良いことは
答えが出ているけれど
でも、その答えがハチを苦しめるなら本末転倒
今は悩もう、ハチのために悩もう

ロンギカウリスタイム
生育旺盛で
雑草対策のグランドカバーとして植える予定
今年の春には間に合わないかもしれないけれど
いつか庭いっぱいに広がって
花が咲いたら
ハチは喜んでくれるかな
走り回って喜んでくれるといいな

January

1月9日

今朝も外一面が凍っていたね
ハチは早々に朝のお出かけから帰ってきたけれど
8時頃にはまた出て行った
いつもなら昼頃まで休んでいるのにね
今日から午前の仕事も始まる
おっ母の、仕事に行くぞという空気を察して
出て行くんだね
ごめんよ
外はまだ氷点下だね
どこに行ったかな
天気は良いから
陽射しの暖かさが
おっ母の落ち込む気持ちを少しだけ救ってくれる
気をつけて
寝床に使い捨てカイロが入っているよ

久しぶりの仕事は花苗の移動からスタート
休み明けには堪える作業
おまけに
年末に玄関で転んだ時に痛めた背中がまだ痛い
でも汗をかいても疲れても嫌じゃない
植物に触れながらの作業は
生き物相手の大変な作業だけれど
どこか癒やされるものがあるように思う

やっぱりそういう作業が
自分には向いているのかなって思う
制服着て、デスクワークをするより
服を汚して、汗をかいて、体を使って
動植物と向き合う仕事をするのは
嫌いじゃないって思う

1月10日

今朝は曇りでやっぱり寒い始まりだった
快晴と曇りとでは
たとえ同じ気温だとしても体感は大いに違う
ハチが家の中のベッドでゆっくり休んでいるから
ふぅ……本当は起こしたくないけれど
ごめんね、ハチくん、おっ母仕事に行かなきゃ
だから一緒にお外に出よう
ハチの寝床に使い捨てカイロを入れたよ
暖かいよ
おっ母の帰りを待っていてね

グミとハチの関係が
去年と比べるとかなり良くなっている
明らかにグミがハチを認め始めていて
おっ母がグミを見張る時間がぐっと少なくなった
大きな山をひとつ越えられたのかなって思う
4年近くかかったかな
本当に険しい山だった
たくさん悩んだ
たくさん泣いた
グミ、ヒナ、ハチが本当によく頑張ってくれた
ありがとうね
まだまだこれからもこの調子でよろしくね

いつかみんな一緒に
お家の中でのんびり暮らせるといいな
そんな日が一日でも早くくるといいな

1月11日

昨夜はハチが外泊した……
どうしてだろう、どんな理由があるのだろう
おっ母にはさっぱり分からない
いつもと変わらないと思ったんだけどな
おまけに早朝も家の中で休まなかった
いつもは8時頃まで休んでから外に行くのに……
寒いだろうに
外で過ごすことを選ぶ理由が知りたいよ
ハチくん
おっ母は心配でいつもの鍵束を鳴らしながら
夜に何度もハチを探して外を彷徨うんだよ
お願いだから、なるべくおっ母のそばにいてよ
ハチの存在を感じていたいんだよ
お願いします

たくさんの夏ミカンをいただいた
このミカンが食べられるのは
春を感じるようになる頃だね
庭の花がいっぱい咲く頃だね
春が楽しみだね
ジャムをいっぱい作ろうね
君達は食べられないけどねー
おいしいのに残念ね

1月12日

今日も寒かったー
ハチ、お外で頑張ったー
おそらくずっと
ビニールハウス内のベッドで休んでいたようだ
使い捨てカイロをベッドの毛布の下に入れておいた
たぶん、ここで休むなーって思ったから
入れておいて良かった
ハチには少しでも暖かく過ごしてほしい
グミ、ヒナはホットカーペットの上でぬくぬくと休んでいる
だけどハチは……
いつか、きっと何の心配もなく
家の中でみんなと過ごせる日が来る
それまでの辛抱だね
お家の中が暖かいこと
ハチはちゃんと分かっている
ホットカーペットの上が
気持ちいいことも
分かっている
あとはほんの少しの
勇気があれば大丈夫
ほら、お家の中は暖かくて
気持ちいいよね
ハチくん

1月13日

すごい風……寒さがさらに身に染みる
急いで家に帰った
間違いなくハチは
ウッドデッキ上のベッドで待っている
こんなに寒くても
ちゃんとデッキで待っていてくれる
グミ、ヒナがいるホットカーペットの電源は
切れていないかな
待っているね
みんな変わらず待っていてくれる
おっ母の帰りを待っていてくれるんだ
だから毎日、急いで帰る
ごめん、お待たせ！
さあ、みんなでご飯を食べようね！
今日も元気で、無事でありがとう

夕食後、ハチはまたデッキの上で休む……
どうしてなのかこの時間は家の中で休めないね
寒いのに、風がピーピー唸っているのに
なんでかな
おっ母はどうしたらいいんだろう
無理やり家の中に入れても出てしまう
困るよ、ハチくん
おっ母はどうしたらいいのか
分からないんだよ……

ほっとけなくてついつい無理強いしてしまう
ダメだって分かっているのにね
ハチくん
外は寒いよ
お家に入ろうよ

1月14日

1月が半分過ぎようとしている
今朝は今季一番の冷え込みになったらしい
道路もバリバリと凍っていて
とんでもなく寒かった
そんな日に限ってハチは7時前に出て行って
昼過ぎまで戻ってこなかった
なんでよ……
今日は日曜日だよ
なんでグミやヒナのように
おっ母のそばにいてくれないの？
おっ母が常々間違えていることは
すっかり慣れてくれたハチに対して
グミやヒナと同じ向き合い方をするということだ
そして時々思い知らされる
ハチにはグミやヒナと同じ向き合い方をしてはいけないということを
それはおっ母にとっては
とんでもなくショックなことだけれど
それを受け入れなければ
さらにおっ母は傷つき
もっと言うなら
大切なハチを傷つけることになるんだ
胸を締め付けられるほど辛いことだけれど
受け入れなければならない

けれども
信じている
必ずグミ、ヒナ、ハチ、みんな一緒に
同じ向き合い方ができる日がくることを
おっ母は信じているんだ

1月16日

冬だから暖かい日なんてないけれど
今日は特別寒かった
雪がチラついていて
おまけに強風とくれば
体に堪えるに決まっている
ハチは一日中姿が見えなかったけれど
この強風と寒さをどこでしのいでいるのだろうか

毎年この時期に
成田山で星になったチョコの供養をしてもらう
時々思い出しては
後悔と懺悔の気持ちでいっぱいになり
苦しくなってしまう
この日はチョコの供養の日なのに
チョコにグミ、ヒナ、ハチの
健康と長生きをお願いしている
チョコにとっては迷惑な話かな
生前はいつもチョコに
娘のことを頼むねと言っていた
昔も今もチョコにはお願いばかりしているね
あなたの願いは聞いてあげられなかったのにね
留守番が嫌いで
みんなと一緒にいたかったんだよね

ひどい親だ

いなくなってしまってやっと気づくなんて

ごめんね

これからはずっとずっと一緒にいよう

チョコがおっ母の心からいなくなることは絶対に無い

そして次会う時は間違いなく

あなたの願いは叶えてあげられる

ずっとずっと一緒にいようね

もうお留守番はしなくていいんだよ

一緒にいよう

1月17日

今朝のハチは
7時頃までは落ち着かなくて、家と外を出たり入ったり
ご飯がもっとほしいのか
休みたくないけれど外が寒くていられないから
ただごねているだけなのか……
仕方ない感じで家の中で休み、8時頃に出て行ったけれど
また戻ってきて、今度は外に出たくないって……
すごく心配だったけれど
仕事に遅刻するから
そのままグミ、ヒナと一緒に留守番をさせた……
すごく心配で仕事に全然集中できなかった！
だけど大丈夫だった！
グミが最初の場所から移動して休んでいたけれど
大丈夫だった！
ハチのところへ威嚇しに行かなかった！
よかった！　お利口さん達だ！
おっ母がいなければ
それなりに折り合いをつけるのかもしれない
彼らだってケンカはしたくないだろうからね
……そうだと思うけど
でもやっぱりグミはあやしい……
おっ母に勇気がないばかりに
ハチの家猫デビューが遅れているだけかもしれない
お留守番カメラを設置しようかな……
声の出るヤツ

1月18日

今日は早朝から雨で
ハチも外でゆっくりお散歩という訳にもいかず
でも、家の中ですぐに休む訳でもなく
8時近くまで家と外を出たり入ったりウダウダウダウダ……
いつものこと
昨日に続き今日も午前は家の中で留守番をするようだ
何事も無ければ大人しく寝ているだけだと思うけれど
心配なのは
突然大きなトラックがゴー！　っときたりとか
突然訪問者がきてピンポ〜ン！　と鳴ったりとか
突然町内放送が「ただ今テスト中！」と流れたりとか
考えただけで心配で気持ちが悪くなる……
このあたりは静かなところだけれど
それゆえに大きな音には慣れていないから
考えれば考えるほど、心配の沼にハマっていく……
昨日、今日と2日間はたまたま何事も無かったけれど
明日の朝また留守番すると言ったら？
外は寒いからね……
きっと、ハチ様の仰せのままに、となるんだろうな
いいよ、別に
おっ母の午前中の仕事が
とてつもなく長〜く感じるようになるだけだから
心配しすぎでの気持ち悪さと一緒に……

あ〜きっと
ニャンズ揃ってお留守番の経験値を積めば
平気になる日がくるのだろうけれどね

1月19日

今日は3月下旬並みの暖かさ
良いお天気だったねー
暖かいって気持ちが良い、気分も上がる
我が家の梅も花を咲かせていた
暦の上では大寒だけれど春を感じる一日だった
ただ、日が落ちるとやっぱり寒い
明日から週末は雨

グミがハチを噛んでしまった……
油断した
このところグミの調子が穏やかだったから
大丈夫だと思い込んでいた
でもよくよく振り返ると
今日は朝からグミの調子が……機嫌が悪かった
どうして機嫌が悪かったのかは分からない
おっ母が何かグミの嫌がるようなことをしたのかな？
ヒナちゃんが何かやらかしたのかな？
そのとばっちりを受けたのがハチだった
ごめんね、ハチくん
おっ母が悪かったんだよ
気をつけていなければいけなかったのに……
グミを許してね

みんなでお留守番も
やっぱりもう少し考えないとダメかもね
とても残念だけれど……
なかなか難しいな〜

January

1月20日

早朝からずっと雨
昼過ぎには一旦止む予報だったのにずっと雨
ハチは雨でお出かけができず
午前中はずっと家の中で休み
午後からは外のベッドでずっと休んでいた
夕食後の雨が少し落ち着いた頃に出掛けて行って
20時頃には家の中で休んだ
ハチの一日の行動の中に
我が家の中で過ごす時間
グミ、ヒナと関わる時間
おっ母の心を癒やしてくれる時間を
組み込んでくれていることに感謝しかない
間違いなくハチはうちの子で
グミ、ヒナと同じ
おっ母を信頼してここにいてくれる
ハチに出会えて本当に良かった
ありがとう

なんだか無性に本が読みたくなっている
でも、何が読みたいのか分からない
何がしたくて
この先をどう生きていきたいのか分からないのと同じだ
私はいつもいつも何がしたいのか分からない
ずっとずっとその繰り返しだ

そういえば学生の頃
何か読みたいのに読みたい本が見つからなくて
一日中本屋で過ごし
結局手ぶらで帰っていたことを思い出す
昔も今も何も変わっていない自分
ずっと何かを探し続けて終わっていくのかな
そんな宿命なのかもしれない

1月21日

今日も雨
昨日からずっと降り続ける長い長い雨
ハチが早朝4時半頃起きてきて
みんなで朝ご飯を食べてから雨の中出掛けて行った
すぐに帰ってきたと思ったら
でっかいネズミを咥えていた
……朝ご飯を食べたばかりなのにね
雨が降っているのに……
見つけたら捕まえるのは本能だね
だからこそ生きてこられた訳で
責める訳じゃないけれど
ご飯を食べているから
きっと食べ残すし
必要以上の殺生は
控えていただきたいなと思うんだけれど
いかがなものかなあ？　ハチくん
食べ残した部分は
そのままにしておく訳にもいかないので
ちゃんと土に埋めておいたよ
それから、できるだけよそ様の敷地内ではなく
うちの庭で食べてね
お願いします
食べ残しを回収するのは大変だからね

しかし君は、名ハンターだね
そんな重そうな体なのにね
でも、ケガの無いようにお願いしますよ
ハチくん

1月22日

今日は暖かかったね
昨晩から気温は高めで夜の22時でも10度もあった
そういう訳でハチは夜になっても家には帰らず
ずっと外のベッドで休んでいた
とにかくそばで姿が確認できればおっ母は安心なので
ハチが外のベッドで休みたいのならば
少し寂しいけれどそのままにしておく
ハチは夜食も食べず、ずっと休んでいたね
いいよ、休みたいだけ休んで
お腹が空いたら鳴いておっ母を起こしてね
そしたら夜食を食べよう
すっかり休んでいた午前0時
ハチの鳴き声で目を覚ました
ハチくん、お帰り、起こしてくれてありがとう
さあ、ご飯を食べてお家の中で休もう……
出て行くんかい！
……まあ、お好きにどうぞ
あらがってみたところでどうにもならない
猫は頑固だからね……
あら、すぐ戻ってきたね
今度こそおやすみ、ゆっくりゆっくり休んでね
グミ、ヒナ、ハチ、今日も元気に無事に過ごせたね
明日も元気で無事で平穏に過ごそうね
ゆっくりゆっくりみんなおやすみ……

しかしおっ母は、かなり振り回されているな
まぁ、いいけれどね

春のような陽気のおかげでカレンデュラが咲いていた
まだ少し早いよ
明日から寒波が来るというのに
今日はちょっとしたご褒美のように
良いお天気だったね
寒波を乗り切るためのご褒日（美）

1月24日 ①

ただいま午前3時50分
外はマイナス1度で、風がピューピューと唸り
雪がチラついている
なぜこんな時間に起きているかというと
もちろん、ハチ待ちだ
先ほどご飯を食べて出掛けて行った
外はこんな状況だから
できれば戻ってきた時に家の中に入れてあげたい
ハチも家の中で休みたいと思っているだろう
おっ母がすっかり寝てしまって
ハチの呼ぶ声に
気がつかないなんてことがあっては大変だ
ハチが外で休むことになってしまう
こんな時間に自分で出て行ったんだから
勝手にすればいいじゃない
と思うかもしれないけれど
この寒さをしのいで外で寝ているのかと思うと
気になって眠れやしない
それならば起きて待っていてあげたい
だいたい1時間くらいだと思う
ハチ～
寒いから早く帰っておいでよ～

January

31

1月24日 ②

よく降った
でも一面銀世界とまではいかなかったので良かった
だけど、強風と低温で非常に厳しい寒さだ
そんな中、ハチが出て行ってしまった
午前にしている花の仕事から
今日は急遽休みにするという連絡がきたと同時に出て行ってしまった
外がこんな状況なので
間違いなく家の中で休むだろうと思っていたから
ハチの思わぬ行動にびっくりしたと同時にショックだった
待っていても帰ってこないと感じた
探しても出てきてくれないことも分かっていた
でも、強風と雪の降る中、ハチの足跡を辿って行った
松田家の近くまでハチの足跡が続いているのを確認したら
あーもう今日は戻ってこないなと確信した
このあたりのどこかにハチの寝ぐらがあることは分かっていた
そしてそこに行くということは
夕方まで戻らないということも分かっていた
悲しかった
寒いだろうに……という思いもあるけれど
それ以上にどうして……という思い
天候が荒れている時ほど家にいてほしいのに
そういう時に限って寝ぐらに行ってしまう
ハチにとって安全な場所は我が家ではないということか
我が家は暖かいけれど安全な場所ではないということか
それが悲しくて悔しかった

夕方、午後の仕事から帰ると
いつものように外のベッドにハチはいた
おっ母の気持ちなど知るはずもなく
いつもと変わらず待っていた
暖かい家の中に一緒に入った
今夜はいつもより早く長く家の中で過ごしていた
今日はお疲れ様、寒い中頑張ったね
家の中は暖かい、ゆっくり休んでくださいね
ハチよ

1月25日

雪が降った翌日の朝は
寒さがさらに増し
全てがバリバリに凍っていた
ハチが水を飲む時に困らないよう
庭の全ての水場の氷を割って回った
指が落ちそうなほど冷たくて痛い
それでもハチは元気よく出掛けて行った
ハチはおっ母が仕事に行くことを察して外に出て行く
申し訳ない気持ちで気が滅入るなか
元気に走って行くハチの後ろ姿を見送ることで
少しだけ救われる
ハチ、外のベッドの中は暖かくしておくからね
早く戻っておいでね
気をつけて

先日、娘と孫が遊びにきた
ばあばに孫を任せて娘がひと息つこうと思ったようだ
子育ては大変だ
少しでも息抜きになるのなら
大いにばあばを利用してほしい
ただ問題はばあばがちゃんと役に立てるかどうかだ
……役に立てるといいな
まだまだこれから、頑張ろう！
娘よ、こんなばあばを頼ってくれてありがとうね

1月26日

22時20分
ハチが今夜も家の中で休んでくれるかどうか不安で
ハチが寝床でしっかり休むまで眠れない
グミ、ヒナがハチの邪魔をして
ハチが起きてしまわないかと心配で
グミ、ヒナが落ち着いて休むまで眠れない
今夜もみんなで一緒にゆっくり休もうね

ヒナちゃんは
おっ母があくせくと動いている時は
棚の上のベッドでじっと動かず休んでいる
おっ母がやっと落ち着いて座いすに座ると
すぐに鳴きながらやってきて
膝に乗せてと甘えてくる
ゴロゴロ、スリスリ……
ひとしきり甘えると
おっ母を置き去りにして
サッサとまたベッドに戻って行く
おっ母がヒナを呼ぶ
するとまたきてくれて
ゴロゴロ、スリスリ……
ひとしきり甘えるとサッサと戻る
また呼ぶと無視された
ヒナちゃんのそのツンデレ……
かわいいね〜〜

1月27日

一日の半分以上
昨日の夕方から今日の昼まで
もちろん、少しの外出はあったけれど……
他人からしたら些細なことかもしれないけれど
おっ母にとってはとんでもなく幸せなこと
ハチの存在を同じ空間で少しでも長く感じられる幸せ
それは間違いなくハチの安全と
おっ母の心の安心を得られている
何も心配しなくていいという安らぎの時間
グミもヒナも気持ち良さげに休んでいて
このまま時間が止まってしまえばいいのにと思う
このまま永遠にこの時が続けばいいのにと思う
昼にはそんな夢の時間も終わりを迎え
おっ母の気持ちを置き去りにして
ハチは何事もなかったように
おっ母に振り向きもせずに
外へ行ってしまう
その後ろ姿を見送ることが
恐ろしいほど
おっ母の気持ちを不安にさせて
ハチの無事を祈りつつ泣く
いつものこと
ハチ、用事が済んだら戻ってきてね
気をつけるんだよ、十分十分気をつけて
いってらっしゃい

1月29日

例年通りだと
今日から花の仕事は長期の休みに入る
ただパートさんが辞めて今年は人手が1人減ったことで
少し押し気味なのかな
まだ終わりそうにない
お給料が増えるのはありがたいけれど
午前中の仕事が
2月下旬頃までずっとお休みになることもなかなか捨てがたい
あれやらこれやらやりたいことはたくさんある
これまで以上にハチとゆっくり向き合えるし
グミ、ヒナとも一緒に過ごせる
いつも留守番ばかりさせているからね
まあ、そうはいっても
ニャンズは寝ているだけだけれど
それでも、おっ母の気配があるということは
嬉しいことだと思うけれど……
そうであってほしいな……
とにかく、もう少しのがまんだ
できる限りスピードアップして仕事をこなし
一日でも早く長期休みに持って行きたい
グミ、ヒナ、ハチよ
待っていておくれよ
別にいなくてもいいんだけれど……
なんて言わないでいいからね～

郵 便 は が き

料金受取人払郵便

新宿局承認

2524

差出有効期間
2025年3月
31日まで
（切手不要）

１６０-８７９１

１４１

東京都新宿区新宿1－10－1

㈱文芸社

愛読者カード係 行

ふりがな お名前		明治　大正 昭和　平成　　年生　歳	
ふりがな ご住所	□□□-□□□□	性別 男・女	
お電話 番　号	（書籍ご注文の際に必要です）	ご職業	
E-mail			

ご購読雑誌（複数可）	ご購読新聞
	新聞

最近読んでおもしろかった本や今後、とりあげてほしいテーマをお教えください。

ご自分の研究成果や経験、お考え等を出版してみたいというお気持ちはありますか。

ある　　　　　ない　　　　内容・テーマ（　　　　　　　　　　　　　　　　　　）

現在完成した作品をお持ちですか。

ある　　　　　ない　　　　ジャンル・原稿量（　　　　　　　　　　　　　　　　）

書　名							
お買上 書　店	都道 府県	市区 郡	書店名				書店
			ご購入日	年	月	日	

本書をどこでお知りになりましたか?
　1.書店店頭　　2.知人にすすめられて　　3.インターネット(サイト名　　　　　)
　4.DMハガキ　　5.広告、記事を見て(新聞、雑誌名　　　　　　　　　　　　　　)

上の質問に関連して、ご購入の決め手となったのは?
　1.タイトル　　2.著者　　3.内容　　4.カバーデザイン　　5.帯
　その他ご自由にお書きください。

本書についてのご意見、ご感想をお聞かせください。
①内容について

②カバー、タイトル、帯について

弊社Webサイトからもご意見、ご感想をお寄せいただけます。

ご協力ありがとうございました。
※お寄せいただいたご意見、ご感想は新聞広告等で匿名にて使わせていただくことがあります。
※お客様の個人情報は、小社からの連絡のみに使用します。社外に提供することは一切ありません。

■書籍のご注文は、お近くの書店または、ブックサービス(☎0120-29-9625)、
　セブンネットショッピング(http://7net.omni7.jp/)にお申し込み下さい。

1月30日

なんて良い天気なんだろう
もう冬は終わったのかと錯覚してしまいそうなほど
風もなく晴天で
はぁ～、休息日和だ～
ハチは外のベッドで朝からずっと休んでいたようだ
去年の今頃は家の前で工事をしていて
外のベッドにいられなかったのに
やっぱり静かになればハチはそのベッドで一日の大半を過ごすんだ
去年はそれができなくて辛かったよね
もう大丈夫、ゆっくりゆっくり過ごしてね

グミが風邪をひいてしまったようだ
くしゃみと鼻水
幸い食欲があり、熱はなさそうなので
ちょっと様子見
ヒナ、ハチにうつったら困るので、そのあたりは要注意
特にハチは体調不良だと
隠れて出てこなくなってしまう
そうなってしまうと、もうどうにもならない
帰ってくるのを待つしかない
おっ母の辛く苦しい時間が始まってしまう
考えただけでも恐ろしいぃ～
今夜から寝る時は
グミの寝床にホットカーペットを敷いて暖かくして休ませよう

そういえば
グミは2、3日前から朝方おっ母の布団に潜りにきていた
寒かったのかな……
いつもと変わりなく休んでいたんだけれどな
グミは寝る前に毛布をフミフミするから
毛布がはだけてしまっていたのかな
なんにせよ、おっ母の不注意だ
ごめんね、グミ
このまま良くなるといいけれど

1月31日

今日は曇り
昼からはパラパラと弱い雨
昨日と比べると気温もぐっと下がり肌寒い
グミは昨日よりも鼻水がひどくなっている
ご飯は完食するが、あとはずっと休んでいる
トイレはまだ一度もしていない
ヒナもなんだかグミの様子がおかしいと気づいている
ハチもそんな感じだ
グミのそばを足早に通っていく
調子が悪いって分かるんだね、大したもんだ
今日は病院がお休みなので
もう一日頑張ろうね
明日の夕方診てもらおう
何でも躊躇してはいけないよね
色んなことを考えすぎて躊躇してしまう
去年の10月
足を痛そうにしているハチを
病院に連れて行くかどうか躊躇している間にいなくなり
そのまま一日帰ってこなかった
心配と不安で眠ることもできず
あの時ハチを行かせてしまったことを
心の底から後悔した
ハチの時に学んだはずなのに
何度も同じ過ちを繰り返す
人間は愚かなんだよ

猫の方がよっぽど学習能力が高いんだな
反省

2月1日

今朝の気温はいつもよりずいぶん高めの8度
ハチは7時半頃まで
外に出たり家の中に入ったりを何度も繰り返す
家に入るたびに食べ物の催促……困ったねー
落ち着いて休みだしたと思ったら
今度は外に出ない！　って鳴く
おっ母これから仕事なんだけどな……
3度ほど確認してもこのままいるみたいなので
3人でまたお留守番をしてもらうことにした
この冬3度目のお留守番だから大丈夫でしょう
ところが
お昼に急いで帰るとハチが入り口で
出せ！　出せー！　ってあたふたしていた……
あらららら……いつからこんな状態だったのか
ごめんよ
11時半頃に宅配便がきて、インターフォンを鳴らしているから
その時からかな……
そういうことにしておこう
しばらく午前中は家の中で休んでいかないかもしれないな
明日から午前の仕事がお休みに入って
おっ母は家にいるんだけどな
なかなか上手くいかないね

そういう訳で明日から2週間、午前中は家にいるので
自分の好きなことをやりまくる時間ができたぞ
さて、何をやろうかな
あれやらこれやらやりたいことはたくさんあるけれど
なんにも長続きしない三日坊主
……一生こんな感じなのかな
そんな自分にウンザリしているんだけどな

２月３日

ハチは先日の留守番でよっぽどストレスを感じたのか

その日の夜は家の中で休むことはなかった

夜中もどこかでお泊まり

そんなに辛かったのね、ごめんね

しばらくは無理かな

でも、そんな夜に限って問題が発生する

夜中の３時半

何か分からないけれど動物の叫び声で目が覚めた

グミ、ヒナもびっくりするほどの声で瞬時に隠れた

もー心配でたまらない

庭に出てみるけれど分かるはずもなく

ハチを探しても出てきてくれる訳でもなく

途方に暮れて、一旦は家に入るけれど

どのみち心配で眠れない……

おっ父が仕事に行くためにちょうど起きてきた

早朝からの仕事、早いな〜……

怖くて１人で行けないから

おっ父に頼んで家の周辺を一緒に回ってもらうことにした

そしたら見つけた、ハチが道端で座っていた

興奮している訳でもなく

何事もなく普通にそこにいた

ハチもあの叫び声で起こされたんだろうか……

結局何が起こったのかは全く分からなかったけれど

ハチが無事ならそれでいい

おっ父を見送ってハチと一緒に家に帰った

ハチはその後も家の中では休まず
外のベッドで休んだけれど
無事が確認できたから
おっ母もぐっすり二度寝ができた
グミ、ヒナもそんなおっ母の様子に安心して休んだ
布団に入る時に自分が裸足でスリッパを履いて
気温1度の外を歩き回っていたことに気づいた
不思議と寒くはなかった
足先もほんのり暖かいままだったので
すぐ眠りにつけた
ニャンズがそばにいてくれるだけで
おっ母はぐっすり眠れるのだよ
しかし、あの叫び声はいったい何だったんだろう
ちょっとモヤモヤ

2月4日

またか……
ハチ外泊……
何度も家に入っては出るの繰り返し
くるってことは家の中で休む予定ではあると思うんだ
だけど何か理由があって出て行くんだな、きっと
それが何なのかおっ母が分かってあげられないから
何度も何度も出たり入ったりを繰り返してるっていうこと？
とうとう日付が変わって
ハチは諦めたのか家の中に入ってこなくなった……
ん〜、どうしたらいいんだろう
どうしてほしいのか全く分かってあげられない
今朝も朝食後、休みにこなかったな
結局ハチが帰ってきたのは15時頃だった
夜明けが少し早くなったし
寒さも多少、和らいできているから
ハチの家猫化もそろそろ終わりを迎えるのかなぁ
ああ〜、寂しい、心配で不安な毎日がまた始まるのかなぁ……
嫌だなー
ハチもまたひとつ歳をとるからますます心配だなぁ

毎日、毎日、ハチのことで頭がいっぱい
もちろんグミ、ヒナも同じように大切な存在
ただハチの環境は危険がいっぱいだから
グミ、ヒナ以上に気掛かりになる

グミは敏感だから
そんなおっ母に不満があるかもしれないね
そもそも甘え下手だからなぁ、グミは
グミ、ヒナ、ハチ、みんな同じようにかわいいし大事な子
でも、ハチが外にいる時だけは
ハチのことでいっぱいなおっ母でいさせてくださいな
グミよ、ヒナよ、お願いします

2月6日

良い天気だけれど風が強くて寒い
ハチは相変わらずその寒い中
自分の縄張り監視に余念が無い
しっかりとビニールハウス内のベッドも確認していた

今日は娘と孫が遊びにきていた
色々な場所で
遊んだり寝たり授乳をしたりできるようになるためらしい
眠かった時とお腹が空いた時に泣いたくらいで
孫は終始笑顔で
1人おしゃべりをして遊んでいたね
ばあばが孫の相手をしている間に
娘がゆっくりやりたいことに集中できるなら
いくらでも孫の相手をするから
いつでも遠慮なくきてほしい
息抜きは大事
グミ、ヒナは緊張しまくりだけれど
それも経験だね
帰り際に娘がグミとヒナに「お騒がせしてごめんね」と言っていたよ
相手の気持ちに寄り添える優しい子だね
孫もきっと優しい子になるよ

今日は風が強くて寒かったね
ハチくん、お外はもう寒いから
早く家の中に入っておいでね
おっ母は待っているよ

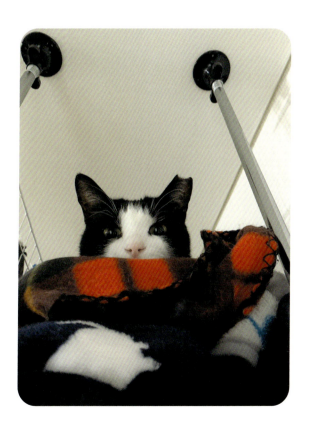

2月9日

朝8時頃にたまたまビニールハウス内のベッドをのぞいたら
ハチが休んでいた
よしっ！　ハチを病院に連れて行こう！
おやつを見せて家の中に入ってもらい（ちゃんとあげたよ）
キャリーバッグに詰め込んで（ごめんよ）
いざ！　病院へ！（猫を病院へ連れて行くのはなかなか大変なのだ）
血液検査、白血病とエイズのウイルス検査
健康診断、4種混合ワクチン接種
ハチ、大変だったね
でもとってもお利口さんだったね
検査結果も健康体で問題なしだって！　良かった！
「グミヒナハチ貯金」を全て使っても足りなくて
おっ母の今月の生活費も無くなっちゃったけれど
ハチが健康ならそれで全て良しとしよう
ただ、口腔内の状況はよろしくないらしく
歯石はとった方がいいレベルらしい
来月の4種混合ワクチン追加接種の時に
歯石除去をするかしないかの選択をしなければならない
4万円から6万円の費用
ハチの場合は前日からのお泊まりになるかも
　（おっ母が絶食させても外で何を食べるか分からないからね）
何がおっ母の気持ちを不安にさせているのか……
金銭的なことはとりあえず置いておいて
泊まりになるかもしれないこと
健康なハチを長く拘束するのはハチにとっては大きな負担だ

もうひとつは全身麻酔
健康体でも体に麻酔をするのはやっぱりとっても怖い
けれども、この先もしかしたら口が痛くて
食べたいのに食べられないことが起こるかもしれないと思うと
それらの負担や不安を考えても
食べられないハチを見ることの方がずっと辛い
だから、だから、ハチ、頑張ろう
おっ母と一緒に頑張ろう
おいしいご飯がずっとずっと食べられることの幸せを噛みしめて
おっ母と一緒に頑張ろう！

2月10日

気分がブルー、深い深いブルー……
それはなぜか……
ハチの行動が意味していることは何なのかを
全く分かってあげられないからだ
昨晩21時から午前0時まで
ハチは何度も何度も家の中を出たり入ったりを繰り返す
50回や60回くらいは繰り返していたんじゃないだろうか？
家の中が嫌ならこなければいいだけのこと
けれども外に出るとおっ母を呼ぶ
そして家の中に入ってくる……
でも、入るとすぐ出たいと鳴く
出る、呼ぶ、入る、出る……
延々と3時間繰り返す
グミもヒナも何事かと起きてきたことで
さらにハチが落ち着かなくなった
結局グミ、ヒナ、ハチは疲れたのか？
午前0時になる頃それぞれの寝床で休んだ
朝5時までぐっすり休んだ
ハチは何を伝えたかったのか……
振り返ると3人での留守番が失敗してしまった頃から
なんだか落ち着かないんじゃないかな
家の中で休みたいけれど
出られなくなるかもしれないのが不安
そんな感じなんだろうか？

そういえば一昨年、ハチが家に入り始めた頃
やっぱり夕方から夜にかけて何度も何度も
本当に何度も何度も家の中と外を出たり入ったりを繰り返していた
不安だったね
今回留守番が失敗してしまって
出られない不安な時間を耐えていたんだね
ごめんね
でも大丈夫、ハチにまた信用してもらえるまで
不安がなくなるまで
おっ母は何度も何度もハチに付き合うよ
当然だよ、ハチは大事なおっ母んちの子だものね
ハチの気が済むまで、納得いくまで付き合うよ

2月16日

一昨日の午前中、娘の家に行って孫と遊んだ
娘が、婿くんが出社日で一日いないので
きてくれると助かると言うので張り切って行った
12時頃までいて
娘は炊事や自分の昼食も済ませて
もう大丈夫だよと言うので
ばあばは家に帰ってグミ、ヒナにおやつをあげた
ハチは留守だった、良いお天気だったからね
それから午後からの仕事に行った
次の日も婿くんが昼から出掛けていないそうだけれど
娘が昼からは1人でも大丈夫だと言うので
夕方、食品を持って行きがてら様子を見に行った
もちろん、全く問題はないけれど
いつも婿くんがいてくれるので
いないと分かるとなんだか不安になる
婿くんの存在のありがたさを改めて知る
娘も、ワンオペでやっている親はすごいと言っていた
本当だね、ばあばの時代はみんなそうだった
余裕がなかったなぁ
今は2人で子育てできるから、親の心にゆとりがあって
のびのびと穏やかに子どもは成長できるかもしれないね
心のゆとりはとても大切なことだと思うな
毎日、元気で無事で平穏に
孫が伸びやかに穏やかにすくすくと大きくなぁれ

ばあばは気疲れか、普段しないことをしたためか
体調があまりよろしくない
けれども
かわいい孫の離乳食の様子を見られてばあばは大満足！
娘からバレンタインのギフトまでもらった
しかも猫柄のチョコ缶
嬉しすぎて泣ける〜！　ありがとう！

2月19日

午前の花の仕事が始まった
あいにくの大雨と強風で
ビニールハウス内はラジオの声も聞こえないほどの轟音で
久しぶりに会った山口さんと積もり積もった話もできず
ひたすらに黙々と仕事がはかどったので
それはそれでまぁ良かったのかなと思った
いよいよ始まったなという思いと
次の繁忙期に向けて暑さと闘いながらの毎日が
とうとう始まったぞという思い
頑張らねば

しかし、本当によく降る雨だ
一日中降っているのは久しぶりじゃないかな
ハチが動けなくて困るなぁ
早く止んでほしいなぁ、ね、ハチくん

February

2月22日

猫の日
ずっと楽しみにしていたモフサンドのくじをやるために
張り切ってコンビニに行く
私はくじ運が悪い、間違いなく悪い
分かっている、重々承知している
でも、今日はそれでは困るのだ
どうしてもモフサンドのぬいぐるみがほしい！
そうか、思い付いた
私の右手がくじ運が無いのかもしれない
今日は左手でくじを引こう‼
渾身の願いを左手に込めてくじを引くのだ！
しかも、4回分のお金がある
4回も挑戦できる！
絶対に当たると強く念じて左手でくじを引く！
結果は……
なんと、な、なんと！　当たった〜！
当たった〜〜‼　当たったーー‼
かわいい〜‼
またひとつ宝物が増えた〜‼

猫の日
グミ、ヒナ、ハチに感謝をする日
おっ母ひとりで楽しんでいるね、ごめんね

改めて、猫の日
グミ、ヒナ、ハチが
毎日元気で無事で平穏でいてくれて
心からありがとう
これからもずっとずっと一緒にいようね
よろしくね

2月23日

寒い……
先日の季節はずれの暖かさで
庭の菜の花が一気に成長し
たくさんの花を咲かせているのに
今朝はクッタリと首が垂れていた
かわいそうに……
せっかく咲いたのに寒かったね
このまま枯れてしまうのだろうか
カレンデュラも寒そうだよ
世の中ではこの暖かさで
カエルが鳴いていたり蝶が飛んでいたりしたそうだけれど
今日の寒さで彼らはどうなってしまうんだろうか
温暖化は
人間だけの問題という訳ではなく
動植物にとっても大きな問題で
この温暖化で
絶滅してしまう動植物もあるそうだ
小さな昆虫でも
人間の生活には無くてはならない存在で
昆虫が減ると農作物に大きく影響するらしい
生物多様性
我々人間は人間だけで成立している訳ではなく
全ての生物と関わることで成立している
そろそろ人間以外の生物を
どうやって守っていくのかを真剣に考えないと……

いや、もう遅いのかもしれないね
こんなに美しい蝶が
消える日がくるのかな……

2月25日

昨日はなんだかバタバタしていて
少しも落ち着けなくて
グミ、ヒナ、ハチに伝わってしまうから
極力平静を保ってのんびりと構えるようにはしていたつもり
でもきっと
なんだかおっ母の様子がおかしいなぁとは思っていただろう
猫は敏感だからね
夜には、ハチも落ち着いて家の中で休めたから良かった
もちろん、グミ、ヒナもいつものように休んでいた

おっ母が落ち着かなかった理由は
おっ父が佐渡まで帰らなければならなくなったから
訃報は突然来るものだけれど
なんせ遠いからあたふたしてしまう
そんな日に限って仕事は忙しく
色々と考える隙を与えてくれない
バタバタと一日が終わり
翌日に計画も無くなんやかんやと出掛けて行った
きっと帰ってくるまでは
おっ母の気持ちは落ち着かないんだろうな
しみじみと
平穏な日々のありがたみを噛みしめる
おっ母のやるべきことはただひとつ
グミ、ヒナ、ハチに平穏な暮らしを与えること

それに尽きるので
おっ父よ
頑張っていってらっしゃい
何事も無事に終わって帰ってくることを願っているよ

3月9日

雑誌のプレゼント企画はよくあることで
これいいな、と思うものには応募することがある
でも、だいたい応募したこと自体を忘れてしまうので
あぁ、ハズレてしまったなぁとは思わない
逆に、突然荷物を受け取ることになると
思いもしなかった分、嬉しさが増すような気がする

今日、荷物が届いた
1月頃に応募したプレゼントが当たったのだ
2ヶ月も前のことを覚えている訳もなく
何が入っているのかワクワクしながら段ボールを開けた
するとだいたい「ハッハッハ～これかー！」と笑う
要するにどうでもいいモノが当たるのだ
応募する時点で当選人数の少ないものは
よっぽどほしい時以外は選ばない
まあ、あってもいいかなくらいの当選人数の多いモノを選ぶのだから
当然と言えば当然の反応だ
以前は猫用のライオンの被り物が当たった
誰も被ってくれないので
あっという間にどこかに行ってしまった
今回のモノも、どうだろう……
食べる時間が長持ちする猫用の食器
使うかなぁ……
そう思いながら、そっと台所の引き出しの中にしまっておいた

気がつけば
クリスマスローズが1輪だけ咲いていた
もうすぐ春だ

3月11日

週末は父の車の免許返納の説得に姉がきていて
さらに、施設にいる母が病院へ救急搬送されて入院となり
普段、日曜日は仕事が休みなのに
今回は急遽仕事に行くことになり
なんだかんだあって、ゆっくり過ごせない週末だった
そのせいか分からないけれど
今日の花の仕事は体がだるく
ここのところ調子が悪かったこともあり
3時間乗り切れるか心配だった
だけど、仕事仲間の山口さんが
ハチワレの子猫が庭に突然現れて
とってもかわいいから保護してうちの子にしたいと言っていて
なんだか分からないけれど
上手くいってそのハチワレの子猫が
過酷な外生活から救われるといいなあと
そのことで頭がいっぱいになったので仕事を乗り切れた
なんのこっちゃ……
とにかく、山口さんと山口さんのご家族が猫ちゃん大好きで
話が合うから心地よい
山口さん、ありがとう
どうかハチワレちゃんを保護できますように

母のことは延命措置はしないということで
抗生物質の投与で経過観察することになり
上手く回復すればリハビリ

でもなかなか高齢だと難しいらしい
私が病室に行き、父と話していると
母は声で分かったのか振り向いたけれど
しゃべる体力は無かった様子
認知症ではないので頭はある程度しっかりしているから
自分の置かれた状況も辛さも苦しさも分かる分
余計に気の毒で、頑張って生きたから
もう楽になった方が母にとって良いのではないかなとも思う
母の生き甲斐だったチャウに
そろそろ母を迎えにきてねとお願いしておいた
母もチャウが迎えにきたらきっと喜ぶと思う
良くなる見込みが無いのなら
辛さや寂しさ、痛みや苦しみから解放してあげたい
母はどう思っているかな

3月13日

昨晩は母が入院している病院から
急に呼び出しがあり慌てて行くと
今夜が峠かもしれないと言われた
とりあえず家に帰ってきたけれど
いつ呼ばれても大丈夫なように準備をして休んだ
夢を見た、母の夢だったと思うけれど
目が覚めたら忘れてしまっていた
母が出てくる夢なんて何年ぶりか、いやいや
見たことないんじゃないかな
色々と思うことがあった
どうして母はこんなにも長く
苦しまなければならなかったのか
何がいけなかったのか、どうすべきだったのか
他の道があったなら
今どんなふうに過ごしていたのか
もう考えても仕方がないことだけれど
考えずにはいられない
どこで道を間違えてしまったんだろう
まだ誤ってしまった道を彷徨わなくてはいけないのか
そんなことを思いつつ眠りについたので
夢を見たんだね
少しでも早く自由になれるように願うばかりの日々
母はどう思っているのか

今夜は少し肌寒いけれど、風もなく静かな夜
ハチはどこかで寝てしまったのかな
ハチのいない夜は寂しくてなかなか寝付けない
もしも戻ってきたら家の中に入れてあげたい
大切なハチを家の中に入れてあげなくちゃ
家の中にいてほしい
おっ母のそばにいてほしい
ハチ、気をつけるんだよ
十分十分気をつけて
おやすみなさい
また明日

3月14日

やることが多すぎてやりきれない
だから何でも中途半端になってしまう
やりきれないと思うからやる気が失せる
本当に、悪循環
3月中に種まきできるかなぁ……
春まき用の花種と
四季なりのイチゴも植えたいんだけれどな
孫に食べさせてあげたくて
なかなか朝の気温が上がらないし
なんだか気も乗らない
外に出てお日様にあたればやる気も出るかなぁ
今年一年、こんな感じで終わるのかなぁ
グミ、ヒナ、ハチが元気なら良しとするかなぁ
気分の滅入ることばかり
でも、グミ、ヒナ、ハチがいてくれるから
良しとするかなぁ
うん、そうだね
グミ、ヒナ、ハチが元気でいてくれれば
それで十分
それでこの一年が終わってくれれば
それで十分
こんな日もある

3月18日

今日は朝から病院へ

春一番か、強風で飛ばされそう

昨晩に比べて母の様子が悪くなっている

さすがにそろそろお迎えの時がきたかなと思い

姉に連絡

10時頃にきてくれた

それから2人で母のそばで談笑した

母も聞いてくれていたかな

久しぶりに親子3人でおしゃべりできたかな

昼過ぎ頃からさらに悪くなり

13時10分

やっと母はチャウのところへ出掛けて行った

無事にチャウと会えたかな

2人で仲良く元気に過ごしてね

25年間病床で、お疲れ様でした

もう自由だよ、良かったね

休む暇なく葬儀の打ち合わせ

さすがに今日は疲れてしまった

ハチも今夜は家の中で休んでくれるかな

みんなでゆっくり休もうね

明日も忙しいから

今夜はみんなでゆっくり休もう

命とさよならすることで大事なことは
見送る側が
さよならのその時までをどのように送るかで
なぜならそれは
必ず後悔してしまうから
後から後からあぁすれば良かったと
後悔してしまうから
だから後悔するくらいなら
自分が納得できるまで
とことん向き合うべきだと思う
姉が間に合って良かった
2人で見送れて本当に良かった
後悔は何もない

3月21日

母が静かに人生を終えた
約25年、とても長く苦しんできた母が
やっと苦しみから解放されて自由になれたことを
心から良かったと思う
母の命が終わる瞬間を姉と過ごせたことを
心から良かったと思う
葬儀は身内のみで行い
母が我が子のようにかわいがっていたチャウの写真を
たくさん持たせて最後のお別れをした
これからはチャウと一緒に元気に過ごしてほしい
母の犬仲間とチャウの犬友達とで一緒に遊んだ
みんなが楽しく元気だったあの一番幸せな時に戻って

今日は姉と母の部屋の片付けや
仏具店に行ったり
まだまだやることはたくさんある
落ち着いた日常に戻るのは
もう少し後になるかな

庭の隅っこでフキが花を咲かせていた

3月22日

昨日は父と姉と仏具店へ行き、母の仏壇を買った
何から何まで分からないことだらけで
何でも勉強だなと思う
役所の手続きもしなくてはいけなくて
時間がとても足りそうにない
85年の人生が終わったのだから当然だ
片付けをしていると
山のようにある服や装飾品の数々から
母はとても豊かに暮らしていたんだなということが分かる
だけど時間はそれらのものを
ただのゴミにしてしまうんだ
豊かさって何だろう……
片付けながらそんなことを考えた
心の豊かさ、モノの豊かさ
母はモノを買うことで豊かさを求めたんだね
私はグミ、ヒナ、ハチに豊かさを教えてもらった
我が家には母のようにたくさんのモノは無い
でも、グミ、ヒナ、ハチが元気でいてくれるから
おっ母は毎日豊かなんだ

庭にいつの間にか増えていくシロバナスイセン
きれいだからそのままにしている
でも確か、球根の植物は毒があったような……
装飾品にしろ花にしろ
きれいなモノには要注意ってことかな

3月31日

良い天気だ、風がなく上着無しでも気持ち良い

やっと冬が終わり、春がきたんだね

桜の開花も始まったらしい

ハチはどこで過ごしているのかな

庭にあるハチベッドはお留守だ

朝夕は庭の作業が始まって

ハチと外で過ごす時間が増えたけれど

家の中で過ごす時間は減ってしまった

待ちに待った春だけれど

ハチが家の中にいないのは

毎度変わらず寂しいなぁ

仕方ないなぁ

こんなに良いお天気だから外は気持ちが良いよね

家から出られないグミ、ヒナが

外の気持ち良さを味わえないのが少し残念

網戸にしたって中は中

草の匂い、土の感触は外だから気持ち良い

これから色んな花が咲き出すよ

ネモフィラは今が満開かな

とってもかわいい

来年はもっともっと増やそうかな

4月1日

昨日ほどではないけれど今日も良いお天気
かなりの強風
西の方の雑木林がきれいに伐採されてしまって
何もない更地になってしまった
色々な鳥がたくさんいた
春にはウグイスも鳴いていた
ハトも巣を作っていた
伐採の最中
鳥達が近くの電線にずらりと止まって
何するんだー！　って言っているみたいにピーピー鳴いていた
暖かくなってきた頃だったから
ちょうど巣作りや子育ての最中だったのかもしれない
この時期に伐採をする理由は
人間の都合だけだと思うけれど
……なんだか悩ましい
伐採は仕方なかったことだとしても
なんだか悲しい気持ちになる
鳥や小動物の棲家はどこに移動したらいいのかな
我が家の庭ははるかに小さいけれど
たくさんきてくれるといいな
そんな庭になったらいいな
今年の春はウグイスの声は聴かなかったな

4月4日

夜の10時
ハチ待ち
少し前に帰ってきて
夜食を食べてベッドの上に行って休んだから
おっ母も寝ようかなぁと思ったら
起きてきた
外に出るって鳴く
なんでよ、窓開いてるし暑くないでしょう？
いい感じに風も入ってきて
ハチのいるベッドの上は涼しいよ
なのになんで外に出るの？
もう戻ってこないの？
そんなの寂しいよ
おっ母はハチともっと一緒にいたいんだよ
なんで外に出たいの？
そんなに外は良いところ？
ハチはおっ母と一緒にいたくないの？
寂しいよ
寂しいんだよ
おっ母はもっとハチと一緒にいたいのに
ねー、ハチくん
戻ってきてよ
寂しいよ……

ねー、聞いてる？　ハチ
おっ母は待っているからね
ハチが戻るのを待っているんだからね
分かった？　ハチくん
気をつけるんだよ
ケンカしたらダメだからね
十分十分気をつけるんだよ
分かった？　ハチくん
ねー、行くの？
おっ母、寂しくて眠れないよ

4月7日

暑い……日中は初夏の陽気
桜がちょうど満開でお花見日和
明日からは天気が下り坂ということなので
世の中の人は今日中に花見を終わらせようと
考えることはみんな一緒
道は車で溢れ、スーパーは人でいっぱい
そんな中、私は姉と父との3人で
母の永代供養の手続きのために、近所の薬師寺に出向いた
世の中が花見で賑わっているのとは裏腹に
寺の中は静かで厳かで
ゆったりと時間が流れているようだった
庭の松の木でつがいのハトが巣作りをしていた
平和の象徴のハトが
その寺の雰囲気を優しく包んでいるようで
母をここに納めると決めたことが
間違いではなかったと思えて
なんだかホッとした

母が施設に入所していた間はずっと会いに行かず
コロナや色々な心情で会いに行きたくなかった
でも、ほったらかしにしていることが
ずっと私の心を重くしていたのは間違いなくて
四十九日が終わって納骨を終えたら
散歩がてら花を届けに可能な限り行きたいと思う

母が生きている間にできなかったことが
これからできるといいかな
ごめんね、お母さん
これからは会いに行くよ、時々だけどね

4月8日

娘の知り合いの方が
わざわざ孫におもちゃをプレゼントしてくれた
それがスマホのおもちゃ
なるほど、そうきたか
生後7ヶ月にしてスマホデビューとは……時代だね
この先スマホやゲームを避けては通れないので
決して否定はしない
それはそれで必要だと思う
ただ、それと同じように自然とも触れ合ってほしい
先日、『沈黙の春』を書いたレイチェル・カーソンの
『センス・オブ・ワンダー』を読んだ
要約すると
「五感で知った知識は勉強で得た知識よりも
はるかに人を豊かにする」
というところだろうか
これからの時代だからこそ
自然に触れて得る感動も忘れないでほしい
孫には自然の中でたくさんの発見や感動をしてほしい
そしてばあばはそれを共に分かち合える存在でありたい
そう、レイチェル・カーソンのようにね

庭に咲いていたティアレア
かわいすぎて感動
妖精にしか見えない

4月10日

今朝は寒い、コタツから出たくない
昨日は大雨と強風で嵐のようだった
今年の春先は、こんな日が多いなぁ
一昨日までは暑いくらいで
庭の花々もぐんぐん大きくなっていた
パンパンに膨らんだ蕾や、咲いた花がきれいで
ウキウキしながら草取りをしていたけれど
今朝のこの寒さに
花達も困惑しているんじゃないかな
「咲いていいの？」「まだダメなの？」
去年の今頃ならすでに終わっていた種まきも
まだできていない
もう少ししたら夏の種まきが控えているのに
暑かったり寒かったりで
春の種まきは逃してしまったかなぁ
年々季節の変わり目が分かりづらくなってきている
地球温暖化の影響を
日々の生活の中で感じることは
なかなか難しいかもしれないけれど
きっと植物を扱う農家さんは
感じることが多いんだろうなぁ
モッコウバラ、ハナミズキ、コデマリやクレマチス
去年のこの時期はもうすでに満開だったけれど
今年はまだまだ蕾のまま

暖冬だったとは言うけれど
なんだかやっぱり様子がおかしい

4月12日

暖かくなって、春の花がたくさん咲き出して
庭が様々な色で鮮やかになってきた
一年で一番過ごしやすく楽しみでもある春
寒い冬の時はそんな春が来る日を
ずっと待ち侘びていたけれど
おっ母にとっては寂しい春でもある
なぜかというと、ハチがいない時間が増えるからだ
暖かくなって、外で過ごしやすくなると
なかなか家に帰ってこなくなってしまう
ハチと一緒に家の中で過ごす時間が
めっきり減ってしまうからだ
冬の間はあんなにずっとお家の中にいたのにね
寂しくて、不安で心配な春が
今年もとうとうきてしまったんだね
色々な花が一斉に咲き出してワクワクするけれど
一方で、ハチがあまりいなくて気分が落ち込む
おっ母にとってはそんな複雑な気分になる春が
今年もまた始まってしまうんだね
今夜も帰ってこないね
寒い冬の間は毎晩一緒に寝ていたのにね
どこにいるのかな、何をしているのかな
そこは安全？　お腹は空いていないの？
何時でもいいから帰ってきたらおっ母を起こしてね
大きな声で鳴くんだよ
ハチ、気をつけて……

あっ！　ハチの声だ！　おっ母を呼んでいる！
ハチ！　お帰り！　待っていたよ！
家の中に入ってご飯を食べてベッドで休む
良かった〜、おっ母も安心して眠れるよ
帰ってきてくれてありがとうね
ゆっくりゆっくり今夜もおやすみなさい

4月19日

夜も過ごしやすい気温になると
ハチは家に戻ってくる時間が遅くなる
日中は庭のベッドでぐっすり休み
午前から夕方まで本当によく休んでいるね
夜はあちこちうろついているんだろうか
我が家のニャンズは毎晩21時半頃になると
一日の最後のご飯を食べる
ハチは、寒い期間中は家の中のベッドで休み
ご飯の時間になると自然と起きてきて
みんなと一緒に食べていた
暖かくなって外で過ごしやすくなると
ご飯の時間になってもハチは戻ってこない
全く、やりたい放題だ
暖かくなっても我が家のルールは守ってほしいな
結局心配なので、おっ母が探しに出て行く
ここで、猫はすごい能力を発揮する
猫は聴力が非常に優れていて
数メートル先の虫の足音が聞こえるらしい
そのためおっ母がハチを探しに行く時は
必ず家の鍵束を持ってガチャガチャと鳴らしながら行く
この鍵束でなければならない
ハチはその音を聞き分けて
あ、おっ母がきた！　と気づいて帰ってきてくれる
なんと愛おしいことだ！

この信頼関係に毎度胸が熱くなる
そして一緒に家に帰り
無事、一日の締めのご飯を食べるのだ
今夜もみんな一緒にご飯が食べられたね
良かった、良かった

4月21日

グミは毎晩
おっ母と一緒に風呂に入る
入ると言っても湯船にはさすがに入らない
風呂釜に半分だけ蓋をして
その上に乗っておっ母がいる間まったりしているのだ
冬の寒い時期だけそうやって入ってくるので
風呂は暖かくて気持ちがいいのかな
おっ母が湯船に浸かって両手を温めてからグミの前に差し出すと
グミは顔を預けてくるので
その濡れた温かい手でグミの顔をマッサージする
グミは目を閉じてとても気持ち良さそうに
さらに顔を預けてくる
その仕草がたまらなくかわいいので
毎晩、風呂に入る時はグミを誘う
おっ母とグミだけの特別な日課だ
実はヒナとハチにも
それぞれおっ母との特別な日課がある
ヒナはおっ母の夕食が終わると
必ずニャーニャー鳴いて抱っこをせがむ
これがまた愛おしくてたまらない
だから夕食は必ず家で食べることにしている
ハチは朝と夕方の食後に
必ずおっ母の膝の上に乗ってスティック状のおやつを食べる
だから絶対にそのおやつは切らさないように気をつけている

みんなそれぞれおっ母との特別な日課があって
みんな特別かわいくて
みんな特別愛おしい

4月24日

昨日からずっと降り続ける長い雨
こんな日はなんだか気分が下降気味
せっかくの花達がずぶ濡れで
頑張れ一って思うしかない
余計なこともあれこれ考えてしまって
結局、行き着く先はハチのこと
ハチの姿が見えないと
とにかく不安で心配になる
本を読んでみたり
絵を描いてみたり
掃除をしたり片付けをしたり
YouTubeを見たりブログを読んだり……
何かに集中していれば
あれこれ余計なことも考えなくなるけど
ちょっとした隙間に
また余計な思いが入り込んできて
こんな日はもうどうにもならない
あ〜、早くハチが帰ってこないかなぁ
それがおっ母にとっての一番の特効薬だから

4月25日

22時
つい今し方夜食を食べて出て行ったハチが
どこかで威嚇をしている声が聞こえる
猫の威嚇の声は本当によく響く
声の大きさも強さのアピールに関係しているのかな
ケガをしたらお互いに大変なので
やめさせるために探しに行く
家を出るとどのあたりでやり合っているのか
だいたい見当がつく
それくらい大きな声だ
近所迷惑もはなはだしい……
暗くてハッキリ見えないが
相手はハチとよく似た白黒だ
近づくとハチは左手のお宅の庭に
相手は道なりにまっすぐ逃げて行った
ハチが深追いしなかったので
おっ母は自宅に帰ることにした
家の玄関前に着くと
目の前のお宅の駐車場にハチがいた
声をかけるが無視して歩いて行ってしまった
なんでよ……と思いつつ後を追うと
ハチではないことに気がついた
さっきの子だ、いつの間に？
まっすぐ逃げて行ったはずなのに……
なんだか少し鳥肌が立った

家に入ろうとして振り返るとハチがいた
ハチ！　声をかけるが元来た道を戻って行ってしまった
今夜はやたらと月が明るい
なんだか不思議な世界に迷い込んだような感じがして
怖かった
ハチ、早く帰っておいでよ

4月28日

母の遺品整理から
気がつけば父の生前整理にかわっていた
処分したい物が山のように出てきたので
できる範囲で売りに行った
今日もせっせと売りに行き
査定をしている間に店内を探索
なんだか面白いものがいっぱいあるぞ
しかも、安い……
孫へのプレゼントに何かないかなぁと見ていたら
足がコツンと何かに当たってしまった
マズイと思い、当たったものを見てみると
なんと木製の汽車だった
手押し車にもなるし乗ることもできる
こ、これは！
そろそろ孫にあげたいなと思っていた物ではないか
なんというめぐり合わせか
しかも汽車の方からココだよと教えてくれた
しかも！　新品の10分の1くらいの値段だ
しかも‼　汽車が進むたびにポッポ、ポッポと音が鳴る
孫が絶対喜ぶでしょうー‼
ゲット‼
査定が終わってとりあえずプラスになったから
良かった、良かった
どうしよう、また行きたい……
ますます張り切って片付けをしよう！

April

4月29日

今日は母の四十九日法要と納骨をした
昨日は真夏のような暑さだったけれど
今日は曇り空で少し風もあり
過ごしやすくて良かった
色々な手続きもほぼ終わりに近づき
これでやっと落ち着けるのかな
人は生まれてくるのも大変だけれど
死んでゆくのも大変なんだな
自分が死ぬ時は
なるべく娘達には迷惑をかけたくないなぁと
つくづく思った

ハチはさらに背中のハゲが増してきて
なんでだろう……
おそらく自分でむしり取っている
急に暑くなったせいなのか
はたまた他に何かストレスがあるのか……
暑くなってくると
ハチと一緒にいる時間がとにかく減ってしまうので
1人の時間をどう過ごしているのか
心配でたまらない
ましてや暑さは生死にも関わってくる
本当に毎年夏はハチの命が心配で心配で泣くよ

あー、今夜は雨だね
ハチくん、早く帰っておいでよ
もうすぐ本降りになるよ

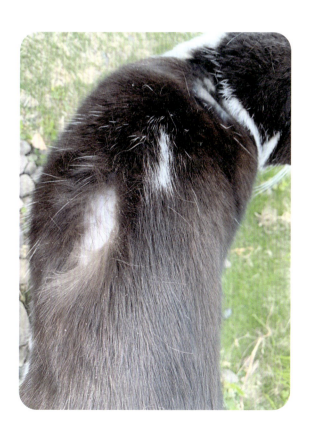

5月4日

ハチと初めて会った頃
もう1匹同じハチワレと一緒にいて
兄弟だろうか、2匹で遊んでいた
それから程なくしてハチだけがくるようになった
もう1匹はどうなってしまったのか
とても気になったけれど、どうにも分からなかった
やがて4年が過ぎてハチは今年、推定9歳になる

先日の夜
ハチを呼びに外に出ると
ハチが向かいの家の庭をじっと見て動かない
目線の先を辿ると
庭に停めてある車の下に何かがいた
懐中電灯の光を当てると目が2つ光った
少し近づいてみるとそれが猫だと分かった
その猫もじっと動かずハチを見ていた
ハチはかすかに唸り声をあげていた
これ以上近づくなという唸り声だ
おっ母がもう少しその猫に近づくと
その猫は逃げて行った
白黒のハチワレだ
おっ母は少し気になり後を追いかけた
その猫はうちの庭の車の下に入り込んだ

懐中電灯の光を当てたまま少しずつ近づいていくと
体の白黒模様は違うけれどハチにとてもよく似ていた
そう、もしかしたら……と思ったのだ
なぜならハチの様子がおかしかったからだ
外猫がハチの縄張りに入ってくると
ハチは自分の縄張りを守るために体を張って威嚇をする
お互いに大声を張り上げて本当に一触即発だ
けれど、その猫に対してハチは動こうとはしない
これ以上はダメだよと小さな声で唸っているだけだ
向こうも黙ってじっとハチを見つめるだけだ
さらにおっ母が近づくとその猫はまた逃げて行ってしまった
おっ母は色々な思いが頭をめぐる……
あの時仲良く過ごしていた兄弟は
生き残るためにバラバラになるしかなかったのかもしれない
外で生きていくことはとても厳しい
2人で小さな獲物を分け合っていては共倒れしてしまうね
別れて生きていくしかなかったんだね
ハチはおっ母がちゃんと最後までお世話をするよ
君は大丈夫なの？　4年間、どうやって生きてきたの？
辛くない？　困ってない？　ハチと一緒にいたいの？
ハチはダメだと言うけれど
困っているならおっ母のところにくるんだよ
まだ日の沈まない明るいうちにくるんだよ

あ〜、どうかどうか
みんなが幸せに生きていけますように
なんの心配もなく穏やかに過ごせますように

今夜は冷えるね、5月だというのに

5月5日

4年前に西側のトイレの窓下にジャスミンを植えた
西側はトイレの窓と玄関の窓が並んでいて
ジャスミンで満開の緑のカーテンが
トイレの中を良い香りで満たしてくれたら
なんて素敵なんだろう！　と思い大事に育ててきた
ところが、真夏の西日は最強で
ジャスミンの繊細なツル先を
片っ端から焦がしてしまい
上手く育たないんだわ〜と諦めた
そのままジャスミンはほったらかしになり
毎年真夏にツルや葉っぱが焼けてしまっていた
それでもジャスミンは頑張って少しずつ生長を続けていたようで
今年、なんとたくさんの花を咲かせたではないか！
良い香り〜
トイレの窓の上あたりに
ジャスミンの花がたくさん咲いて
トイレの中は天然の芳香剤のように
さぞかし良い香りで満たされているに違いない！
ところが、トイレの中はなぜだか全く香りがしない
なんでだろう……
でも、隣に並ぶ玄関の窓からは
たくさんの香りが入ってくるようで
玄関の中はジャスミンの香りでいっぱいだ

さらに、玄関から続く居間の中にまで
ジャスミンの香りが入ってくる
想定外の結果だったけれど、良かった！
疲れて仕事から帰宅して玄関を開けると
ジャスミンがお出迎えしてくれる！
さらにその奥でニャンズがお出迎えをしてくれる
はぁ〜疲れなんて吹っ飛ぶわぁ〜
やっぱりいいね！
花も猫も元気をくれる！　大好きだ！

5月6日

22時10分
夕方からパラパラと降り出した雨が
本降りになってきて
深夜には大雨になる予報
ハチはすでに玄関内に入って
棚上に置いたベッドから西側の景色を眺めている
雨がザァーザァー降っているのに
どこか遠くでカラスがずっと鳴いている
どうしたんだろう
ハチも気になっている様子
何をそんなに訴えているのか
ハチが出て行ってしまわないか心配で
少しの音でも気になってしまう
こんな雨の中
もしハチが出て行ってしまったら
おっ母は心配で眠れやしない
玄関の鍵を閉めたかどうかも怖くて確認できず
きっと閉めてあると信じて早めに休む
雨の日はグミ、ヒナも大人しい
カラスがまだ鳴いているね……
雨音の中、カラスの声がやたらと響く
ハチくん、これから大雨になるんだって
だから今夜はこのままここで休もうね
みんなおやすみ、また明日

5月7日

昨晩は大雨で
ハチは朝方まで玄関のベッドで休んでいた
今朝
ハチが寝ていたベッドの毛布を直そうとしたら
ハチの毛が毛布にいっぱいへばり付いていた
こんなにたくさん……
しかも自分でむしり取っているので
毛束の端が片側だけ濡れて固まっている
どうしてこんなことをするんだろう……
ハチはこの夏で推定9歳
色々なことが心配なのに
何も分かってあげられない
ハチの望みは何なのか
どうか、どうか、教えてほしい
おっ母はとっても不出来な人間だけれど
ハチの望みは何でも叶えてあげるよ
それは絶対約束するから
だからおっ母に教えてください
どうか、どうか、教えてください
もっとずっと一緒にいたいんだ
ハチと一緒にいたいんだ
だからハチくん
あなたの望みは何ですか
おっ母に教えてください
お願いします

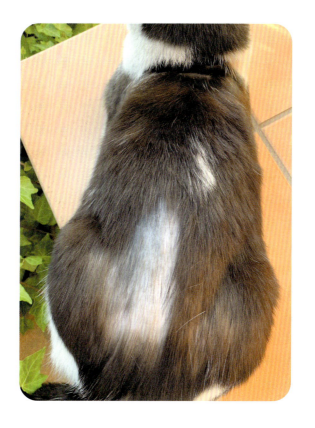

5月8日

ただいま22時40分
ハチ待ちだ
21時頃帰ってきて
部屋の中のベッドで休みだしたのに
どういう訳か起きてきて外に出たいと鳴く
ハチがおっ母の言い分に耳を貸すことはないので
仕方ないね、待っているよ
今夜は風が強くて寒いからね
背中の半分がハゲていては寒さも身に染みる
風邪でもひかれたらとんでもない
おっ母、泣いてしまうわ
だから待つよ
5月なのにね
今夜はとにかく寒い、風も強いからなおさら
グミ、ヒナはもうすでに
毛布の中でぬくぬくと休んでいる

ほらほら、帰ってきたね
おかえり、寒かったでしょう
今夜は毛布で暖かくして休もうね
おっ母もハチがいるから
ぐっすり休めるわ
みんなゆっくりおやすみなさい

5月9日

何もかもが思うようにいかない
何をやっても上手くいかない
身を削るほどの努力をしてる訳ではないから
当たり前か
動物病院の先生が言っていたな
「ぼくはあなた達よりもずっと
比べものにならないほど
寝る間を惜しんで勉強をして
あなた達よりはるかにたくさんの時間
社会貢献をしているので
あなた達よりはるかに年収が高いのは当然です」と
私は社会での貢献度は人並みだけど
猫に対しての貢献度は高いと思う
保護活動家には負けるけど
自然や花、昆虫、小動物に対する貢献度も
そこそこ高いと思う……たぶん……
何でも中途半端
中途半端だからお金がないの？
世の中、金持ちでないと金持ちになれないんだよ
貧乏人にチャンスは無い？

社会貢献にもお金がいるんだ
社会貢献のための勉強にもお金がいるんだ
身を削るほどの努力にもお金がいるんだ
私はいったい何をしているんだろう
庭で草取りをしている時間は
どんなに頑張っても一銭にもならない
庭で大好きな花を愛でている時間は
とても心地よいけれど一銭にもならない
猫達と向き合っている時間は
心安らぐけれど全く一銭にもならない
私にとってこの大切な時間を
人に対する社会貢献の時間にかえたなら
社会貢献度が増してお金が増えるの？
でもきっと私はそれでは生きてはいけないね
もう諦めようか
何もかもやめてしまおうか
きっとその方が楽になる
どのみち、お金も無いから何もできない
お金が無いことを理由に逃げればいい
どうせ私は何者にもなれないよ

アンチューサの花

空より青いね

花って不思議、いつまでも見ていられるよ

心も安らぐ

私をいつも救い出してくれる

5月11日

カラスがハチをいじめる
この近辺を寝ぐらにしている数羽のうちの1羽だ
少し大柄で鳴き声がとにかくうるさい
勝手にかぁ助と名前を付けて
ハチとは
かぁ助がきた！　気をつけて！　と話している
本当に危険なヤツで
ハチを見つけると翼を広げて急降下し
間違いなく硬いであろうクチバシで
ハチを突こうとする
ハチも気配を感じると
危険を察して車の下などにダッシュで隠れる
そうするとかぁ助は近くの足場に止まり
とにかくでっかい声でガァガァと鳴き続ける
おっ母はかぁ助の声が聞こえると
あ、ハチが襲われている！　と分かり
かぁ助を追い払うために現場に駆けつける
近くで見るとカラスは思いのほか大きくて
クチバシも硬くて大きく、結構怖い
最近ではおっ母の顔も覚えたらしく
ハチの救助に行っても
手の届かないところに逃げて、おっ母を威嚇してくる
一応、野鳥なのでおっ母から手出しをするようなことはしないから
かぁ助も今のところおっ母に攻撃はしてこない
かぁ助が諦めて飛んでいくのをただひたすら待つ

この時期はカラスも子育て中だろうか
かぁ助がオスかメスか分からないけれど
気が立っているのかもしれない
ハチを狙うのは年中だけれど特にこの時期はひどい
ハチも大変だ
他の猫に対してもそうなのか
小動物を見かけたらこうなのか
それともハチが
かぁ助を怒らせるようなことを先にしたのか……
真相は分からないけれど
とにかくお互いにケガの無いように
穏便に暮らしていきたいね

5月12日

雨が降りそうなお天気
今夜はまた大雨で荒れる予報
せっかくの花達が倒れてしまうと思うと
それだけで憂鬱
色とりどりの花がたくさん咲いていて
今が一番きれいな時なのにな
今日は午前中に
エアコンのクリーニング業者がくる
それもまた憂鬱
ニャンズが暑さでダウンしてしまわないように
エアコンをずっと付けっぱなしの我が家
今年の夏を少しでも快適に過ごすために
この時期のクリーニングは必須
だけど長い時間をグミ、ヒナは
2階の部屋に閉じ込められることになる……
仕方ないんだよ
外に脱走してしまったら
おっ母、生きていけないからね
がまん、がまん
おっ母もグミ、ヒナもがまんしようね
庭のベッドで休んでいたハチも
業者がきたからどこかへ行ってしまったかな
ごめんね、ハチくん
せっかく休んでいたのにね
がまん、がまん

雨は明日の昼頃まで降るらしい
早く時間が流れますように
それまではがまん、がまん
グミくん、ヒナちゃん、昼からはゆっくりベッドで休もうね

庭に咲いたキャットミントがかわいいね
香りがいいのか
時々ハチが少し摘んで食べたりスリスリしたりする
なんとなく、ハチが喜んでいるのかなぁと思って
庭には必ず植えてある
3年経って少し小ぶりになってきたので
そろそろ植え替えようかなと思っているところ

5月13日

寒すぎる……
昼頃止む予定だった雨は夕方まで降り続け
おまけに風も強く
背中の半分がハゲてしまったハチが
寒さで風邪をひいてしまったらどうしようと
心配でたまらない
こんなに気温差があると
人だけでなく動植物みんなの体調が心配だ
部屋の中はホットカーペットをつけて、こたつを復活させた
グミは早速こたつから出てこなかった
今日一日をこたつの中で過ごしたね
そんなグミを見ていると
なおさらハチは寒くないかしらと心配になる
ハチを家の中に入れても
しばらくすると外に出たいって鳴く
これ以上ハゲたら困るので
なるべくストレスをかけたくない
だから出す
ハチ、気をつけてね
寒くなったら戻ってきてよ

昨日はエアコンのクリーニング業者がきた
作業は2時間かかった
その間グミ、ヒナは2階の部屋に閉じ込めておいた

作業が終わってグミ、ヒナを迎えに行くと
ヒナは机の上で休んで待っていたけれど
グミはどこにいるのか全く分からず
あまりに見つけられなくて焦り出した頃
クローゼットの奥の奥で
服の陰に必死に隠れているのを発見した
グミは誰よりも体が大きく態度も大きいけれど
誰よりも一番ビビリなんだよね
だいたいいつも、真っ先にグミが一目散に逃げて行く
そこがまたグミの愛おしいところだ
2時間、お疲れ様

5月14日

今年初めて裏庭のさくらんぼの木が
たくさんの花を咲かせ、たくさんの実がなった
よし！　これは娘家族に食べさせなければ！
赤く熟した実を選んで摘んでタッパーに20粒ほど
1粒味見をしてみたらなかなかいけるぞ
まだまだ熟し足りないものはまた後日のお楽しみ
たくさん実っているからおっ母達も十分食べられる
初めの20粒は娘達に全部持って行った
大丈夫、大丈夫まだまだたくさんあるからねー
それから3日後
そろそろ次の熟したさくらんぼが摘めるかなぁと
様子を見に行くと……何にもない、あれ……？
ひとつも無い、きれいさっぱり無い！
下にも落ちていない！　無い、無い、無いじゃん‼
ま、ま、まさか……全部食べたの？
全部、残すことなく⁈
あー、やられたぁ〜
まさかここまできれいに食べ尽くすとは
思ってもいなかったぁ〜
ん〜仕方ない、生きるって大変なのだぁ〜
来年はもう少したくさん摘めるように負けないぞー
それにしても、容赦ないね鳥達は
完敗

あれ、ハチくん、珍しいね
そんなところで休んでいるの？
いつもこの時間は車の上で休むよね
大丈夫？
寒かったり暑かったりで体調はどうなの？
元気なフリはしないでね
どこかに隠れたりもしないでね
必ずおっ母に教えてね
必ずおっ母のところに帰ってきてね
約束よ、絶対、絶対、約束ね

5月16日

グミはね
遊びたいだけなのかもしれないんだよ
ただ遊びたくて
お尻を振って待ち構えて飛びかかるんだ
でも
ヒナとハチは遊びだとは思ってくれないんだ
だって
グミのそれが遊びなのか襲われるのか
分からないからね
襲われることが多々あるからだよ
原因を作っているのはグミだから
自業自得なんだけれどね
体が大きくてただでさえ怖いのに
本気で襲って噛みついてくるから
ヒナ、ハチにしてみたら、たまったもんじゃないよね～
だからグミが遊びのつもりでも
ヒナ、ハチはそうは思ってくれないんだ
仕方ないよ
おまけにグミはおっ母に叱られるんだ
なんでだよ?!　っていじけるね
本当にごめんね、グミ
でもヒナ、ハチは怖いんだもの仕方ないよ
だからちっとも仲良くなんてなれないね
グミがヒナ、ハチに近寄ろうとするだけで
おっ母がダメだって言うからね

これではいけないと分かっているけれど
おっ母もどうしたらいいのか分からない
グミは遊びたいだけなのかもしれないのにね
威嚇したり嚙みついたりしなくなったら
いつかヒナ、ハチも逃げなくなって
遊んでくれるようになるかもよ
だからグミくん
その威嚇、やめない？
もうしない方がいいんじゃない？
おっ母はそう思うよ

5月17日

90歳の父がやっと運転免許証を返納した
家族としてはホッとしたけれど
同時に大問題が発生した
それはどんな問題かというと
父の車が無くなったので
駐車場が空っぽになってしまったという問題だ
我が家にとっては一大事だ
正直、そうなることを考えていなかった
十分想像できたはずなのに
しまった……大失態だ
これから暑くなる
年々暑さが厳しくなっていくのに
ハチは歳をひとつとることになる
なんとかしてこの夏も乗り越えなければならない
駐車場の父の車はほとんど一日
動かず停まったままになっていたので
車の下のコンクリートは真夏でも冷たくて
なおかつ日陰で風通しが良い
だからハチはよく車の下で休んでいた
それが無くなってしまった
まずい、どうしよう……
これからハチがどのようにしたら空っぽの駐車場で
真夏でも快適に過ごせるようになるのか
急務だ
早々に策を考えなければならない

今日、慌てて駐車場の南側のコンクリートに沿って
バタフライピーの種を蒔いた
緑のカーテンになってくれるといいけれど
でも、これだけでは快適にはならない
あとはどうしよう……
とにかく早急に考えるんだ
ハチが今年の夏も元気に乗り切るために
絶対、絶対なんとかするんだ！

5月19日

昨日とは打って変わって肌寒い今日は
曇りのち雨
ハチはやっぱり昨日は急な暑さで
体がしんどかったんだね
今日は食欲もあり体も楽そうだ
昨晩は遅くに戻ってきてくれたけれど
外の方が涼しくて気持ちが良かったから
また出て行ってしまった
おっ母に心配かけないように
わざわざ顔を見せにきてくれたのかな
おかげでしっかり眠れたよ
ハチ、ありがとうね
今朝はみんな元気に朝ご飯を食べて
1時間ほどハチと一緒に庭で作業をした
朝と夕方のハチとの楽しい日課だ
今朝もハチとの日課を終えて家に入ると
グミの様子がおかしい
右前足を浮かせたまま下に着こうとしない
おまけに少し震えている
外で作業をしていた1時間に何があったのか
ベッドで休んでいたと思ったけれど……
慌てて病院に連れて行く
特に異常はなくて原因不明
様子見となったけれど
夜になっても変わらず気にして時々右前足を舐めていた

しかもあまり動こうとしないのは寒さのせい？
さらにはおっ母にベッタリで
やっぱり何か不安なことがあるのかも
しゃべってくれればこんなに楽なことはないのに
ハチと一緒でグミもどうしたらいいのか
全く分かってあげられなくてごめんね
明日には良くなっているといいけれど
今夜はまた雨
ハチも諦めて家の中で休んだ
みんなおやすみ、また明日

5月28日

今日は台風1号に梅雨前線がプラスされて
災害級の大雨になる予報
ここ最近お気に入りで
毎日朝から夕方までずっと休んでいる
東側の机下のハチベッド
ハチが大雨の中でも安心して
いつものように休めるように
100円均一ショップに行って、アレやらコレやらを買ってきて
汗だくになってアレやらコレやらを
付けたり、貼ったり、剥がしたり……
ハチはおっ母が奮闘中
ずっとそばで我関せずという感じで休んでいたり
何かちょうだい〜って鳴いて呼んだり
おっ母はそのたびに作業を中断して
はいはいハチくん、おやつをどうぞ
はいはいハチくん、カリカリをどうぞ
食べて休んで、おっ母は作業して……
そんなこんなで渾身のねぐらが出来上がった！
よし！　これでなんの心配もなく
ハチはいつものように休むだろう！
ところがところが……ハチくん
おっ母が一生懸命作っていたのを見ていたよね？

それなのに
ハチは雨が強くなってくると
どこかへ行ってしまった
大雨の時はここが安心！　という場所があるのかな
ハチ〜、カムバック〜！

5月30日

毎年のことだけれど、29日の自分の誕生日は
特に何がある訳でもなく
いつもと同じ毎日
だけど、いつもと変わらず同じということが
実は一番のプレゼント
グミ、ヒナ、ハチがいつもと変わらず元気で
いつもと変わらず平穏で
娘家族も相変わらず今日も元気であることが
何よりも嬉しいからね
でもまぁ、形のある物をプレゼントされるのも
いいものだけどなぁ……
そこはあまり深く考えないでおこう
虚しくなるから……

ノビルの花
ひっくり返った線香花火みたい
球根の部分は食べられるらしいけれど
私はもっぱらこの線香花火を観賞するだけ
花って不思議
色も形もそれぞれで
どうしてこんな形をしているんだろう
何か意味があるからこんな形をしているんだよね
成り立ちを知ったら
またさらに面白くなるのかも
でも今は愛でるだけでいいかな

植物博士になりたい訳でもないからね
庭に色々な植物を植えると
色々な生き物がそこで生活するようになる
家の中だけで暮らすグミ、ヒナの楽しみは
食事と遊びと
それから庭にいる色々な生き物を眺めることなんだ
猫のエキスパートで有名なジャクソン・ギャラクシーは
猫にとって外を眺める窓はテレビだって言っていた
だからおっ母はグミ、ヒナが喜ぶように
庭にせっせと植物を植えて
鳥や昆虫を見て楽しんでほしいんだよ
もちろんハチにとっても嬉しいよね
庭が豊かな自然になって
たくさんの生き物が暮らす場所になーれ！

5月31日

昨夜からの雨で今朝は少し肌寒かったかな
寒がりのグミが
おっ母の足元の布団の上で
丸くなって休んでいた
お互いの体温で温めあってよく眠れたね
さて、起きようと思ったけれど
グミはまだまだこのまま休みたいらしく
微動だにしない
布団を片付けたいのに、どうしても動かない
こちょこちょしても動いてくれない
仕方ないから無理やり抱っこして退いてもらった
そしたらね
ちょうど水を飲んでいたヒナのところへ
何食わぬ顔でスタスタと行ったと思ったら
いきなり後ろからヒナをはがい締めにして
寝技を決めて
後ろ足でヒナを蹴り蹴りして噛みついた！
ヒナはビックリと激怒で
これでもか！　っていうほどの声で
ギャー！！！！　と叫んだ
一瞬の出来事に何事?!　何事?!
グミくん、ストレス解消に
ヒナを使うのはやめてくれない？

そういうのは良くないと思うよ
結局グミはおっ母に叱られるんだ
無理強いしたおっ母が悪いんだよね
そんな顔して拗ねないでよね
おっ母が悪かったよ、ごめんねグミくん
とばっちりのヒナちゃんも
ごめんね……

6月2日

花の仕事の山口さんとは
仕事をしながらいつも猫の話で盛り上がる
先日の話では
数ヶ月前に保護した白黒ハチワレの子猫が
先住の猫達にはない猛烈クネクネアピールをしてきて
かわいすぎてたまらないと言っていた
そうそう、我が家の白黒ハチワレのヒナちゃんも
クネクネクネクネと
私、かわいいでしょ！　アピールがすごい
同じく白黒ハチワレのハチくんも
おっ母と目が合うとクネクネアピールをする
しかもその子猫のチビくん
ゴロゴロ、ゴロゴロと大爆音でずっとのどを鳴らしているそうだ
そうそう！　ヒナもハチも大爆音！
でも山口さんの黒猫のクロちゃんは
ん？　ゴロゴロ鳴ってる？　というくらい控えめらしい
そうそう！　我が家の黒猫のグミくんも
耳を近づけないと聞こえないほど控えめなゴロゴロで
気づかないこともしばしばだ
猫の毛色によって
性格が違うのねーという話で盛り上がった
山口さんのご家族はみんな動物好きで優しい
だから山口さんと話をしていると心地よく
共感することがたくさんあって
なんだか嬉しい気分になる

私は何よりも猫ファーストで
自分よりもグミ、ヒナ、ハチの方が大事
彼らのために生きているし
彼らに生かしてもらっている
そんな話をすると引いてしまう人はたくさんいるけれど
山口さんは分かってくれる
だからきっと心地よいのだろうなぁ
山口さんちのニャンズにいつか会いたいなぁ
なんて思ったりもしている
ちょっと図々しいかなぁと思って言えないけれどね

6月9日

6月になると
梅雨とその後の猛暑を乗り切るために草木の剪定をする
モノにもよるけれど、切り落とした枝の中で使えるものは
挿し芽にしたりドライフラワーにして飾ったりする
今回は色々な挿し芽の鉢を6鉢作った
陽射しと雨があたらない場所に置きたいので
ハチがいつも使っている上り棚の下に鉢を置き
ミニサンシェードを付けた
ハチの足場になる台が屋根代わりになる
風通し、雨よけ、陽射しカット
全て申し分無しのグッドアイデアに自分を褒めてやりたい
これで挿し芽は上手く行くだろう

ハチは、真夏で夜風が涼しい時は
外で休むこともあるけれど
今の時期は毎晩、家の中で休む
ところがここ3日ほど家に入ってこなかった
どうしてだろう……
3日連続なんてことは今までなかった
心配だし寂しすぎるじゃないか
ハチの帰り方は雨の日は玄関外で鳴いておっ母を呼ぶ
晴れの日は東側の腰窓から入ってくる
腰窓の外には上り用の棚が置いてあり
ハチはそれを使って窓から入ってくる……

えっ？　待てよ、待てよ
もしかして……！
慌てて外に出てサンシェードを外した
すると……か、か、帰ってきたー！
ハチ〜、ごめんよ〜〜
帰りたくても帰れなかったんだね〜
おっ母はバカチンだぁ〜
サンシェードを付けたせいで
ハチが上りづらくなっていたなんて〜
気がついて良かった〜
今夜からまた一緒に眠れる〜
嬉しい〜〜
挿し芽用の鉢はすぐさまお引っ越しだ〜！

6月17日

毎日暑い
ちょっと前までは寒い寒いと言っていたはずなのに
もう一年の半分が終わろうとしているなんて
早すぎる……
毎晩、家の中で休んでいたハチは
暑くなってすっかり外泊するようになり
朝までハチに会えなくて寂しすぎるわ
でもハチは今日のように夜になって雨が降り出す時には
必ず帰ってきてくれる
駐車場の屋根の下で帰ってきたよ～とおっ母を呼ぶ
おっ母は雨の中、傘をさしてハチを迎えに行き
一緒に家の中に入る
ハチはそのまま玄関のベッドで
窓から外を眺めながら休む
いつものこと
だから連日ハチが外泊すると
そろそろ今夜は雨にならないかなぁーなんて
思ってしまう
ハチは自由にできなくて嫌かもね
もしもおっ母の願いが叶って
雨が降り出しているのなら
ハチくん、許してね
時々はおっ母と一緒にいてほしくてね
そんな日があってもいいよね
時々だから

夏の花のキキョウが咲き出した
蕾もいっぱい
暑さに負けず凜とした姿に
元気をもらえる花のひとつだ
よし、明日も頑張ろう

6月23日

昨日は夜から大雨
ハチはいつものように玄関のベッドで外を眺めながら休んでいた
みんながすっかり寝静まった頃
ハチが突然起きてきて外に行きたいと鳴く
時計を見たら午前0時半だった
雨が小降りになっていたので今のうちにお出かけか？
仕方ない、待ちましょう……
午前1時半頃帰ってきたね
濡れた体を拭いて今度は部屋の中のベッドで休んだ
そしたらグミが起き出していきなり部屋中を走り回り
階段をダッシュで上り下りすること2回
トイレを済ませて休んだ……
やれやれ、寝ましょう……
そしたら今度はハチがまた起きてきて、また外に出ると鳴く
時間は午前3時半……雨が降っているのにどうしても行くの？
はいはい、分かりました、気をつけてね
おっ母は寝るよ、帰ってきたら大声で起こしてね
そしたら次は午前5時頃
ハチは大雨に負けないくらいの大声でおっ母を呼んだ
無視はできないので雨の中迎えに行った
グミ、ヒナも起きてきたのでみんなで朝ご飯にした
なんだか寝たのか寝てないのか分からないけれど
まあいいかと起きることにした

ふと思うことは
どうして子育て中は特に忙しい訳でもないのに
あんなにせっかちだったんだろう
娘のすることにいつも早く早くと
自分の都合を押しつけていた
もっと大らかに向き合ってあげれば良かったと
グミ、ヒナ、ハチと暮らしていると反省してしまう
娘よ、今さらながらだけれどごめんね

雨でダメになる前に
摘んで作ったラベンダーのスワッグ
良い香り
娘にあげよう

あとがき

娘が就職が決まって家から巣立った時に
最初に思ったことは
あー娘の好きだった唐揚げやポテトサラダを
作ることが無くなるんだなあということだった。
娘のために必死で生きてきた自分が
明日からは必要なくなる。
とてつもない寂しさに襲われて
このままではいけないと思い
これからは自分のために生きようと思った。
仕事を変えた。
自分の好きだった習い事も始めた。
お金をかけて資格を取ったりもした。
けれども
自分のために生きることは
なかなか難しかった。
おそらく人は自分のためではなくて
何かの、誰かのために生きた方が
喜びがあり、充実感があり
幸福感が高いのではないだろうか。
そんな時グミ達に出会った。
かわいかった、愛おしかった。
いつまでも一緒にいたいと思った。
だからこれからは彼らのために生きようと思った。

そんな思いをしていたと同時に
私にはもうひとつ大きな悩みがあった。

150

仕事場で、プライベートで
私の存在や私の価値が
全く感じられないという悩みだ。
自分なりに一生懸命生きてきたと思うけれど
まるで空気のようで、存在すらしていないような気がしていた。
私の価値はいったい何だろう。
ここにいる意味があるのだろうか。
私はいったい何者なのだろうか……。
その思いは、娘が巣立った後さらに強まった。
自分自身をカタチにしたい。
私が創り出したモノで私の存在する意味を感じたい。
私がここで声を上げているんだと分かってほしい。
聞いてほしい、認めてほしい。
だから
こうして本を出版することで私をカタチにしようと思った。
とても難しい道だと思う。
ラクして終わることだってできるのに。
でも闘いたい、あらがいたい。
その先に自分の存在する意味があると信じて。

今回、このような機会をくださり
ありがとうございました。
また、最後まで目を通してくださり
とても感謝いたします。

　　　　　　　　　　さかした　咲木

著者プロフィール

さかした 咲木 (さかした さき)

1968年5月29日生まれ。

愛知県出身。

名古屋の高校を卒業後、入学した大学が自然豊かな青森にあり、日々動植物と触れ合いながら過ごしました。

現在は一人娘が巣立ち、3匹の猫と毎日すったもんだしながら暮らしています。

日記をつけることがもはや趣味となっており、娘に教えてもらったスマホのジャーナルというアプリに書き始めた日記が今回このような本になりました。

今日も元気で無事で平穏に

2025年2月15日　初版第1刷発行

著　者　さかした　咲木
発行者　瓜谷　綱延
発行所　株式会社文芸社
　　　　〒160-0022　東京都新宿区新宿1−10−1
　　　　　　　　　　電話　03-5369-3060（代表）
　　　　　　　　　　　　　03-5369-2299（販売）

印刷所　TOPPANクロレ株式会社

©SAKASHITA Saki 2025 Printed in Japan
乱丁本・落丁本はお手数ですが小社販売部宛にお送りください。
送料小社負担にてお取り替えいたします。
本書の一部、あるいは全部を無断で複写・複製・転載・放映、データ配信することは、法律で認められた場合を除き、著作権の侵害となります。
ISBN978-4-286-26130-0